MANDEMENT

DE SON ÉMINENCE,

MONSEIGNEUR LE CARDINAL

ARCHEVÊQUE-NOMMÉ DE PARIS,

Pour ordonner qu'un *Te Deum* sera chanté solemnellement dans la Métropole, ainsi que dans toutes les Églises de la Ville et du Diocèse de Paris, conformément aux pieuses intentions de Sa Majesté l'Impératrice-Reine et Régente;

En action de grâces de l'éclatante Victoire remportée, le Dimanche 2 Mai 1813, par les François à la Bataille de Lutzen, en Saxe, sous le Commandement de Sa Majesté l'Empereur et Roi, contre les Armées Russes et Prussiennes, commandées par l'Empereur de Russie et le Roi de Prusse, en personne.

A PARIS,

Chez Adrien Le Clere, Imprimeur de Notre Saint Père le Pape, et de l'Archevêché, quai des Augustins, n°. 35, au coin de la rue Pavée.

MANDEMENT

DE SON ÉMINENCE,

MONSEIGNEUR LE CARDINAL

ARCHEVÊQUE-NOMMÉ DE PARIS.

JEAN-SIFREIN MAURY, par la grâce de Dieu et du Saint-Siége Aposto-
lique, Cardinal Prêtre de la Sainte Église Romaine, du titre de la très-sainte
Trinité au Mont Pincius, Archevêque-Évêque de Montefiascone et de Corneto,
nommé ARCHEVÊQUE DE PARIS, Administrateur Capitulaire de cette Métropole
pendant la vacance du Siége, Grand'Croix de l'Ordre Impérial de la RÉUNION,
Comte de l'Empire, etc. : au Clergé et aux Fidelles du Diocèse de Paris, Salut
et Bénédiction en NOTRE-SEIGNEUR JÉSUS-CHRIST.

Au moment, Nos TRÈS-CHERS FRÈRES, où l'EMPEREUR venoit de recevoir
sur le Trône la dernière Adresse du Corps Législatif (1), SA MAJESTÉ fit
entendre à ses Peuples ces paroles remarquables : *J'irai bientôt me mettre à la
tête de mes Troupes, et confondre les promesses fallacieuses de nos Ennemis.*

A peine la Campagne est ouverte, et déjà l'Oracle se trouve accompli. Les
premiers jours des hostilités ont acquitté cet engagement imposant du Génie.
Soutenu par la protection éprouvée du Ciel, et animé par le noble sentiment
de sa force, notre auguste Monarque présentoit dès-lors ses espérances à la

(1) Le 23 Mars 1813.

A 2

Nation, sous une garantie de vingt années de triomphes, dont l'éclat efface toutes les réputations de l'Histoire.

Nos Ennemis enhardis par la défection du plus versatile de nos Alliés, qui expie déjà l'aveuglement de sa foiblesse, n'ont cependant pas douté du plein succès de leur nouvelle Coalition contre la France.

Ainsi, Nos TRÈS-CHERS FRÈRES, tandis que leur température glacée suspendoit le cours de nos Victoires, les Russes oubliant toutes leurs défaites qu'ils avoient célébrées, l'année dernière, par tant de Cantiques d'actions de grâces, ont regardé comme un triomphe périodique et durable la protection fugitive des élémens. Ils ont crû, en se mettant à la solde des Anglois, que l'EMPEREUR ne parviendroit jamais à réorganiser son Armée. C'est sur la foi insensée de notre dégradation militaire, qu'ils ont fait, durant l'hyver, une Campagne idéale d'invasions et de Conquêtes. Ils se sont flattés de nous chasser de l'Allemagne, de transporter même le théâtre de la Guerre sur notre ancien territoire, si nous refusions de subir les loix que leur arrogance viendroit nous intimer sur les bords du Rhin; et tout ce rêve de gloire n'a fini qu'à l'instant de leur réveil et de leur désenchantement dans les plaines de Lutzen. L'ombre auguste de Gustave-Adolphe, enseveli dans son triomphe sur le même champ de bataille, a dû se réjouir en voyant la déroute de l'éternel ennemi de son pays, constatée devant le monument historique où ce Héros sçut imprimer à son nom le sceau d'une immortelle mémoire.

L'âpreté d'une saison précoce avoit seule triomphé de notre Armée, toujours victorieuse dans ces lointains et horribles climats. Mais fiers d'un fléau dont ils avoient néanmoins partagé avec nous les féroces rigueurs, les Russes n'en regardoient pas moins nos projets comme des songes, nos préparatifs comme des fables, nos ressources comme des chimères. Quatre mois de prodiges d'un côté, et d'illusions de l'autre, ont suffi à la France pour marcher à leur rencontre, en se montrant à l'Allemagne étonnée, plus puissante que jamais. La trève de l'hyver a tout réparé. Une noble émulation de dévouement et de sacrifices volontaires est venue affranchir de toute pénurie les Finances, ce grand ressort de la Guerre, en renouvellant notre Armée, sans avoir besoin de demander à la Nation aucun accroissement d'impôt, sans nous réduire à aucun expédient ruineux; et dès que tout notre appareil militaire s'est trouvé rétabli, au retour du printemps, la Coalition armée s'est offerte d'elle-même aux coups que lui préparoient nos

(5)

braves Guerriers. Dieu qui se joue de la présomption et de la témérité des mortels, Dieu a soufflé, selon l'expression du Prophète, sur cet amas d'ambitieuses chimères; et aussitôt leur fumée s'est évanouie.

Les voilà donc humiliés et déjà vaincus ces Conquérants imaginaires qui comptoient si légèrement sur notre déshonneur! La Prusse n'a pas craint de se réunir à la Russie, pour montrer à l'Univers, que l'orgueil, le ressentiment, l'ingratitude, la mauvaise foi et les conseils du machiavélisme, sont et seront toujours la politique la plus désastreuse que puissent adopter les Souverains, dont le Ciel a résolu d'anéantir la puissance.

Outre le nouvel et florissant aspect qu'offre à notre Armée l'éclatante Victoire dont nous venons rendre en ce jour au Tout‑Puissant, Nos très‑chers Frères, les plus solemnelles actions de grâces, elle annonce en notre faveur des triomphes encore plus décisifs aux sages qui sçavent juger de l'avenir par le présent, et lire d'avance, dans les grands événements, toutes les pages glorieuses qu'ils promettent à l'Histoire. Chaque jour va nous en développer les résultats. *Nous rejetterons ces Tartares dans leurs affreux climats, qu'ils ne doivent plus franchir* (1).

En effet une Campagne qui s'ouvre sous de si brillants auspices, semble devoir achever de nous manifester dans toute leur étendue les desseins de la Providence sur les magnifiques destinées de l'Empereur. Notre Ministère, étranger aux sanglantes spéculations de l'art de la Guerre, ne sçauroit pourtant jamais être indifférent à la prééminence que ses triomphes assûrent à notre Nation. Puissances ennemies de la France! vous aviez dénombré nos Légions, vous aviez calculé toutes les armes qui les composent; mais vous aviez oublié d'apprécier aussi le Génie extraordinaire de leur Chef, dont les sublimes combinaisons sçavent en balancer l'action, en concerter l'ensemble, en suppléer les moyens et en doubler la force: Vous lui supposiez des soldats sans expérience; et vous osiez mépriser leur jeune bravoure qui n'avoit pas encore vû *l'effroyable feu des combats* (2). Mais vous ne songiez pas que le regard et la renommée du grand Homme qui les commande, en feroient devant vous des Héros. Vous l'avez crû loin encore de son Armée; et son histoire, comme vos revers, auroient dû vous apprendre que dans ses marches, son

---

(1) Proclamation de l'Empereur à son Armée, le 3 Mai 1813.
(2) Relation officielle de la bataille de Lutzen.

poste est toujours à la tête de ses victorieuses Phalanges. Vous n'avez pû tarder au moins de reconnoître la présence du premier des Capitaines, aux manœuvres comme à l'enthousiasme de ses troupes, et aux ravages de la foudre qui a écrasé l'élite de votre Armée. Ne sçaviez-vous donc pas, sur la foi de vos précédentes défaites, que l'obliger de se défendre, c'étoit l'appeller à la Victoire? Ah! un tel Souverain n'est jamais simple spectateur des combats qu'il a résolu de livrer. Toujours éclairé par son inspiration, par son expérience, par cette habitude des grandes et soudaines pensées qui l'élèvent en tout genre au-dessus des autres hommes, il vous a découvert tout son ascendant, avec cette promptitude et cette sûreté de jugement qui sçavent improviser un plan de bataille, que la méditation la plus profonde des plus illustres Généraux auroit toujours à lui envier. Vous avez hâté de trois jours le moment d'un triomphe qu'il préparoit dans le secret de ses pensées; mais en éludant ses combinaisons, vous n'avez changé dans ses dispositions que le mode seul de vous vaincre. Venez donc provoquer et accélérer le combat. La moitié de son Armée, encore éloignée de son camp, n'aura plus à regretter, dans quelques heures, que de n'avoir pû partager ses Lauriers.

Il n'hésite pas un instant d'accepter ce combat imprévu. Dieu semble lui dire, comme autrefois au conducteur de l'Armée Israélite : *Je ferai marcher la terreur devant vous, et je mettrai en fuite tous vos Ennemis* (1). Il peut s'appliquer à lui-même ces paroles de David : *Dieu est mon aide, et j'espère toujours en lui* (2). *Dieu*, en effet, selon la doctrine de l'Apôtre saint Paul, *Dieu peut nous accorder au-delà de ce que nous lui demandons, au-delà même de ce que nous imaginons* (3). Aussi le même Apôtre des Nations nous recommande-t-il *de manifester avec confiance nos demandes à Dieu, en accompagnant même nos prières du tribut anticipé de nos actions de grâces* (4).

L'infériorité de notre Cavalerie, que l'Empereur *désiroit d'épargner* (5),

---

(1) *Terrorem meum mittam in præcursum tuum*, ... *cunctorumque inimicorum tuorum coram te terga vertam.* Exod. Cap. xxiii, ℣. 27.

(2) *Susceptor meus et liberator meus, protector meus, et in ipso speravi.* Psalm. cxliii, ℣. 2.

(3) *Potens est enim Deus omnia facere superabundanter quàm petimus aut intelligimus.* Epist. ad Ephes. Cap. iii, ℣. 20.

(4) *In omni oratione et obsecratione, cum gratiarum actione, petitiones vestræ innotescant apud Deum.* Epist. ad Philipp. Cap. iv, ℣. 6.

(5) Relation officielle de la bataille de Lutzen.

et à laquelle il destinoit pour supplément sa foudroyante artillerie, éclaire tout à coup sa pensée, d'une de ces *illuminations soudaines* dont parle Bossuet. *C'est une bataille d'Égypte*, dit-il à ses troupes, *une bonne infanterie, soutenue par l'artillerie, doit sçavoir se suffire* (1). L'Histoire recueillera ce résultat mémorable d'une combinaison que le génie militaire a suggérée, et qui pouvoit seule assurer la Victoire.

Mais la langue d'un Ministre de paix et de charité doit rester étrangère à de pareils récits. Laissons donc au Héros le soin de parler ici dignement de lui-même.

Il a jugé, dans la chaleur de l'action, que le moment de crise qui décide du gain ou de la perte des batailles étant arrivé, il n'y avoit plus un instant à perdre. Il a ordonné de réunir aussitôt une batterie de quatre-vingts pièces de canon, et il en a marqué la place, en les dirigeant sur le centre de l'Armée ennemie. Tout s'est mis bientôt en retraite devant lui. Les plus belles actions ont illustré cette brillante journée, qui, comme un coup de tonnerre, a pulvérisé les chimériques espérances, et tous les calculs de destruction et de démembrement de l'Empire. Les trames ténébreuses ourdies par le Cabinet de Saint-James, pendant tout un hyver, se trouvent en un instant dénouées, comme le nœud gordien, par l'épée d'Alexandre (2).

Vous ne sçauriez, Nos TRÈS-CHERS FRÈRES, entendre sans ravissement un rapport si concis et si lumineux. Mais qui de vous a pû lire, sans le plus filial attendrissement, les éloges paternels décernés en même temps par l'EMPEREUR, à ses braves Légions, spécialement aux nouvelles levées, qui viennent à peine de s'y rallier ? Il renouvelle trois fois dans son récit ce glorieux témoignage si cher à son cœur. Il oublie généreusement, qu'il a seul inspiré tant de confiance et d'héroïsme à ses troupes. SA MAJESTÉ déclare à son Peuple, qu'elle *ne sçauroit trop faire l'éloge de la bonne volonté, du courage et de l'intrépidité de son Armée. Nos jeunes soldats, ajoute-t-il, ne considéroient pas le danger ; ils ont dans cette grande circonstance relevé toute la noblesse du sang françois. Il y a vingt ans que je commande des Armées françoises : je n'ai jamais vû autant de bravoure et de dévouement* (3). Ah ! *le Seigneur est avec vous*, pouvons-nous lui dire ici avec l'Esprit saint, *le Seigneur est avec vous, ô le plus coura-*

---

(1) Relation officielle de la bataille de Lutzen.
(2) *Ibid.*
(3) *Ibid.*

geux de tous les hommes! allez avec ce courage dont vous êtes animé; je serai, dit-il, avec vous (1).

C'est, Nos TRÈS-CHERS FRÈRES, le Vainqueur de notre première guerre d'Italie, de la glorieuse Campagne d'Egypte, de Marengo, d'Austerlitz, d'Iéna, de Friedland, de la Moskowa, qui décerne cette gloire aux jeunes Légions à peine enrôlées sous ses drapeaux; mais en inscrivant dans ses fastes un éloge si propre à enflammer leur courage, l'Histoire ajoutera que rien ne résiste à la valeur inspirée et dirigée par un tel Général. Il est toujours victorieux; et telle est la part de sa gloire dans chacun de ses triomphes, que tout autre Capitaine perdroit souvent les mêmes batailles qu'il sçait si bien gagner, par les inspirations et par l'ascendant de son génie.

On est transporté d'admiration, Nos TRÈS-CHERS FRÈRES, devant l'Homme extraordinaire qui élève notre Empire à un si prodigieux degré de puissance et de gloire. Sa destinée et ses officieux Ennemis le placent sans cesse dans toutes les situations les plus propres à nous découvrir tout l'horizon de son génie. Il est l'âme de son Gouvernement comme de son Armée. On ne conçoit pas qu'un mortel puisse surmonter tant d'obstacles, et suffire à tant de devoirs, allier tant d'activité à tant de prévoyance, tant de sagesse à tant d'impétuosité, tant d'étendue dans les conceptions, à tant de vigilance dans les détails; et que chaque partie de son immense Administration soit toujours surveillée par la perspicacité de ses regards, comme s'il n'avoit aucune autre sollicitude sur le Trône.

A Dieu ne plaise cependant, Nos TRÈS-CHERS FRÈRES, que nous cherchions à nous exagérer, par aucune illusion, les résultats d'une Campagne, qui, en s'ouvrant dans tout l'éclat d'un si magnifique triomphe, semble devoir se terminer par une Paix aussi glorieuse que durable!

Au lieu donc de nous confier sans réserve aux espérances qui viennent s'offrir en ce moment à tous les esprits sages, levons des mains suppliantes vers le Ciel, de qui tout dépend, pour le conjurer d'exaucer, dans sa tutélaire miséricorde, les vœux que nous ne cessons de lui adresser; et gardons-nous d'imposer, par une aveugle présomption, des loix à la Providence, qui réserve toujours l'indépendance la plus absolue à ses Décrets éternels. Les Livres saints nous aver-

---

(1) *Dominus tecum, virorum fortissime.... Vade in hâc fortitudine tuâ.... Ego ero tecum.* Judicum Cap. VI, ᵞ. 12, 14, 16.

tissent

tissent de ne jamais prendre un bras de chair pour unique appui. *La sagesse, dit Salomon, vient de Dieu seul : le Souverain Dominateur la donne à qui il veut; l'hommage et la louange lui appartiennent, et la bouche fidelle ne manquera pas de lui en offrir le tribut* (1). Dieu est le principe de tous les biens. *Tout est de lui*, ajoute l'Apôtre saint Paul, *tout est par lui, tout est en lui; à lui soit donc la gloire dans tous les siècles* (2)! *C'est moi*, dit le Très-Haut, *c'est moi qui suis le Seigneur, et c'est moi seul qui fais la Paix* (3). *Le cœur des Rois*, reprend Salomon, *le cœur des Rois est dans la main de Dieu, et il l'incline du côté qu'il veut* (4).

Cependant, Nos très-chers Frères, si en subordonnant à la protection Divine les vœux et les espérances de la Nation, nous osons préjuger l'issue de cette Campagne, d'après un si glorieux début, que ne pouvons-nous pas attendre d'une Victoire qui frappe nos Ennemis de surprise, de terreur et de consternation, tandis qu'elle exalte, au plus haut degré, le courage de notre Armée; d'une Victoire qui nous présente la perspective et le cercle brillant d'une longue série de triomphes; d'une Victoire qui nous ouvre tout le nord de l'Allemagne, et ne laisse plus à la Prusse et à la Russie aucune ligne d'opérations offensives; d'une Victoire qui met nos ennemis en fuite, sans leur offrir l'asyle d'une seule place forte qui vienne arrêter nos Légions, sans que l'incendie d'aucune Capitale puisse assouvir encore leur fureur, pour neutraliser nos Conquêtes; d'une Victoire enfin, qui, en préservant d'un siège régulier toutes les forteresses que nous occupons sur le théâtre de la Guerre, rallie immédiatement à notre Armée active, le renfort de nos quatre-vingts mille hommes d'élite chargés de les défendre; et qui en augmentant si heureusement notre force absolue, ajoute un poids incalculable à notre force relative?

Ce n'est jamais au moment du gain d'une bataille qu'on peut en apprécier toute l'importance. Chaque jour en développe des résultats imprévus. Plusieurs exemples mémorables signalent cette observation dans notre Histoire; et c'est ainsi qu'en se rendant maître du présent, le génie militaire domine l'avenir.

---

(1) *A Deo profecta est sapientia. Sapientiæ enim Dei astabit laus, et in ore fideli abundabit, et Dominator dabit eam illi.* Ecclesiastici Cap. xv, ℣. 10.

(2) *Ex ipso, et per ipsum, et in ipso sunt omnia : ipsi gloria in sæcula.* Epistolæ B. Pauli ad Romanos Cap. xi, ℣. 36.

(3) *Ego Dominus faciens pacem.* Isai. Cap. xlv, ℣. 7.

(4) *Cor Regis in manu Domini : quocumque voluerit inclinabit illud.* Proverb. Cap. xxi, ℣. 1.

B

Nous avons sans doute, Nos très-chers Frères, à remercier le Tout-Puisssant, de triomphes trop réels et trop mémorables, pour avoir besoin de nous livrer à d'incertaines conjectures. Nos vaines louanges n'ajouteroient aucun relief au simple récit des faits; et ne pouvant faire briller d'un nouvel éclat la renommée si resplendissante de l'Empereur, elles iroient se perdre sans honneur, comme sans fruit, dans cet immense foyer de gloire.

Mais les hommages que la Religion fait décerner en ce moment à Sa Majesté, sont l'honorable tribut comme la dette sacrée de l'admiration et de la reconnoissance nationale, dont nous nous félicitons d'être les organes. Certes nous n'avons pas à craindre qu'une pareille assertion soit démentie dans notre bouche! Il n'est aucun Evêque de l'Empire, qui, en invitant le Peuple chrétien à cette sainte solemnité d'actions de grâces, ne puisse adresser avec confiance à notre auguste Souverain, les nobles et touchantes paroles de saint Ambroise à l'Empereur Gratien : *Monarque très-chrétien*, dit-il, *Monarque très-chrétien, car c'est-là le titre le plus glorieux que je puisse vous donner, il n'y a point ici de flatterie : vous ne la recherchez pas; et moi je la regarde non-seulement comme étrangère à l'Episcopat, mais encore comme indigne des grâces que je vous dois. Celui qui est notre arbitre suprême, celui que vous reconnoissez pour votre souverain Seigneur, celui aux pieds duquel votre pieuse croyance vient s'humilier dans nos Temples, celui-là sçait combien je tressaille d'allégresse, jusqu'au fond de mes entrailles, devant les témoignages de votre foi, combien de vœux je forme pour votre conservation, combien je suis heureux de votre gloire. Il sçait aussi que je ne remplis pas simplement un devoir public de mon Ministère, en faisant et en ordonnant les Prières qui vous sont dues, mais qu'elles sont encore inspirées à mon cœur, par l'amour particulier dont il est animé pour votre personne sacrée. Mes vœux les plus ardents ont été au-devant de vos triomphes, et vous ont suivi avec la plus vive affection, dans cette nouvelle carrière de votre gloire. Je lisois avidement votre itinéraire journalier, pour avoir sans cesse présentes à mon esprit vos marches et vos positions militaires. Toujours fixées au poste que mon sentiment et ma sollicitude leur assignoient, mes fidelles Prières vous environnoient, jour et nuit, dans votre camp, comme autant de sentinelles vigilantes; et tandis que vous paroissiez l'objet unique de nos communes supplications, chacun de nous prioit réellement pour lui-même* (1).

____

(1) *Christianissime Principum, nihil enim habeo quod hoc gloriosius dicam, nihil hic*

Puissent, Nos TRÈS-CHERS FRÈRES, se confondre toujours ainsi dans nos Prières, nos intérêts et le bonheur du Prince qui nous gouverne ! Notre reconnoissance envers le Seigneur doit augmenter sans cesse avec ses bienfaits, au lieu de se borner à de vains Cantiques d'actions de grâces, auxquels nos cœurs ne prendroient aucune part. Demandons à Dieu qu'il environne notre EMPEREUR de son amour, comme d'une cuirasse impénétrable. *Seigneur ! Seigneur !* pouvons-nous dire avec le Prophète-Roi, *c'est vous seul qui lui avez conservé la vie, en ombrageant sa tête de votre bouclier, au jour du combat* (1). Demandons-lui, au nom de la Religion, cette Mère commune qui pourvoit aux besoins de tous ses enfants, demandons-lui dans ce grand jour de reconnoissance d'accorder un éternel repos à tous ces braves Officiers, à tous ces généreux Soldats qui viennent de sacrifier leur vie à la défense et à la gloire de leur Patrie. Réunissons-nous devant le Seigneur, pour remplir un devoir si sacré de piété publique. *Offrons à Dieu, comme David, un sacrifice de louanges; exposons au Très-Haut avec confiance tous nos besoins, afin qu'il accomplisse nos vœux et qu'il exauce nos Prières* (2).

C'est la Religion seule, Nos TRÈS-CHERS FRÈRES, qui, en ralliant tous les intérêts des Souverains et des sujets, des riches et des pauvres, des vivants et des morts, assure la véritable pompe des fêtes nationales, et donne à l'expression de la joie commune, un caractère auguste et sacré que l'enthousiasme universel rend encore plus touchant et plus magnifique. Sans elle rien

---

adulationis est quam tu non requiris, ego alienam nostro duco officio, sed plurimùm gratiæ quam dedisti. Scit ipse nostri arbiter quem Deum ac Dominum esse fateris, et in quem piè credis, refici viscera mea tuâ fide, tuâ salute, tuâ gloriâ; meque non solùm officio publico debitas pendere preces, sed etiam amore privato. Ferventiora vota mea triumphis tuis occurrerunt, et in viâ gloriæ tuæ te toto sequebantur affectu. Tuum quotidianum iter et exercitûs tui studiosè legebam, Nocte ac die in tuis castris curâ et sensu locatus, orationum mearum excubias circum te prætendebam ; et hæc quidem cùm pro tuâ salute deferebamus, pro nobis faciebamus. Sanctus Ambrosius, Episcopus Mediolanensis, Beatissimo et Christianissimo Principi Augusto Gratiano, in Epistolâ dedicatoriâ tractatûs librorum V *de fide.* Tom. IV, pag. 111 et 112.

(1) *Domine, Domine, virtus salutis meæ, obumbrasti super caput meum in die belli.* Psalm. v, ꝟ. 15.

(2) *Immola Deo sacrificium laudis, et redde Altissimo vota tua; et invoca me,..... eruam te, et honorificabis me.* Psalm. XLIX, ꝟ. 14.

n'est solemnel, rien n'est vraiment populaire, rien ne réunit la multitude en une seule famille, quand Dieu, qui est le Père de cette immense Tribu, dont le patrimoine est la Providence, ne s'y montre point à la tête de ses enfants. Ainsi le monde a des divertissements, le Christianisme seul a de véritables Fêtes. Les hommes ne sont jamais en parfaite communauté de sentiments et d'intérêts que dans les Temples. C'est en se prosternant eux-mêmes devant Dieu, que les Princes apprennent aux Peuples à les respecter comme ses vivantes images. C'est en se rassemblant autour des Autels, qu'on se trouve heureux d'être chrétien, qu'on se sent fier d'être François, et que chacun croit s'associer à la gloire de l'Armée, en la célébrant avec tant d'allégresse et de majesté dans nos Sanctuaires. Dieu étant ici au milieu de nous, et sensiblement *près de nous,* selon l'expression de l'Apôtre saint Paul (1), semble aussi se déclarer pour nous. L'image du Souverain s'y retrace dans tous les cœurs. Les acclamations d'un Peuple entier répètent son nom chéri avec des transports unanimes de reconnoissance; mais sa renommée nous a tellement accoutumés aux prodiges, qu'il ne peut plus y avoir désormais de surprise pour notre admiration. Oh! combien sa grande âme jouiroit avec délices de notre amour, s'il pouvoit être en ce moment le témoin de tous les sentiments qu'il inspire!

Mais quels regrets avons-nous donc à exprimer? Notre Monarque ne sera-t-il donc pas présent par sa pensée à cette sainte Solemnité, pour jouir des bénédictions universelles qui vont environner sa Compagne chérie, au moment où un grand et touchant rapport religieux vient l'offrir, pour la première fois, depuis sa Régence, dans la plus magnifique pompe du Trône, aux hommages de la Nation? La Fête qui nous réunit dans le premier de nos Temples, tout resplendissant de ses bienfaits et des Trophées de ses Victoires, acquiert encore un plus grand intérêt et un plus beau lustre par la présence de l'auguste Souveraine qui vient présider à cette pieuse Cérémonie, en s'y montrant parée de toute la gloire de son Époux.

Avant d'aller combattre les Ennemis de la France, l'EMPEREUR lui a délégué, durant son absence, le Gouvernement de ses Peuples : un pareil témoignage de confiance élève l'IMPÉRATRICE au-dessus de tous nos respects et de tous nos éloges, en l'associant à tant de triomphes. Le bonheur pur dont elle jouit au-

____

(1) *Dominus propè est.* B. Pauli Epist. ad Philippenses Cap. iv, ⅴ. 5.

jourd'hui. devient dans son âme une nouvelle vertu, puisqu'il s'y réunit au plus sacré de ses devoirs. Elle a droit de dire avec vérité, comme le Roi-Prophète, en tournant ses regards attendris vers le Ciel d'où lui viennent tant de félicités: *Mon cœur est préparé, Seigneur! mon cœur est préparé : je viens chanter avec joie vos louanges* (1). Au moment où elle célèbre avec toute la Nation la Victoire de notre Monarque, elle peut emprunter les paroles de l'Apôtre saint Paul, pour s'écrier qu'en *action de grâces* de cette nouvelle et éclatante faveur du Ciel, elle vient *fléchir ses genoux devant le Père de NOTRE-SEIGNEUR JÉSUS-CHRIST* (2). Le cri du bonheur, l'espérance en Dieu, l'hymne de la reconnoissance, l'amour, l'allégresse, les plus tendres transports de joye, tous les vœux d'un cœur sensible à la gloire, mille et mille tributs d'actions de grâces vont se confondre, avec de pieuses larmes, dans ses Prières, pour invoquer, à la fois, toutes les Bénédictions du Très-Haut sur le Prince, sur l'Armée et sur la Nation.

Eh! quel touchant spectacle, de voir dans notre Sanctuaire, l'Épouse révérée du Souverain, la Mère de l'Héritier du Trône, la Régente de l'Empire, remercier Dieu solemnellement de la gloire du grand Homme dont elle vient proclamer le triomphe, en déclarant aux François, que *sa conservation est aussi nécessaire au bonheur de l'Empire qu'au bien de l'Europe, à la Religion qu'il a relevée, qu'il est appelé à raffermir, et dont il est le Protecteur le plus sincère* (3)! Quel spectacle, de contempler une âme si pure se prosternant devant nos Autels, implorant le Tout-Puissant en faveur du Héros qui est l'objet continuel de sa pensée, dont sa tendresse suit tous les pas, et dont elle ne cesse de s'entretenir au milieu de sa Cour avec la plus vive émotion! Dieu exaucera ces Prières, ces Vœux, ces Actions de grâces qu'il inspire; et la félicité de notre Souveraine va s'augmenter encore de toute l'allégresse publique, dont elle sera l'heureuse interprète auprès de celui qu'elle représente avec autant de grâce que de dignité.

---

(1) *Paratum cor meum, Deus, paratum cor meum : cantabo et psallam in gloriâ meâ.* Psalm. cvii, ℣. 1.

(2) *Hujus rei gratiâ flecto genua mea ad Patrem Domini nostri Jesu Christi.* Epist. B. Pauli ad Ephes. Cap. iii, ℣. 14.

(3) Lettre de Sa Majesté l'Impératrice aux Evêques de France.

Nous pouvons le publier hautement, NOS TRÈS-CHERS FRÈRES, sur la foi des hommes supérieurs appellés à son Conseil, le Gouvernement qui lui est confié développe en elle, chaque jour, une âme pleine de douceur et de bonté, un caractére de haute sagesse dans ses actions comme dans ses discours, un goût de l'application, un amour de l'ordre, une habitude d'attention et d'intérêt, une exactitude de mémoire et de suite dans les affaires, une justesse d'esprit, une maturité de jugement, une solidité de réflexions, qui en lui conciliant tous les suffrages, lui garantissent l'approbation la plus précieuse à son cœur. Tant de qualités brillantes sont encore embellies sous le diadême, par une piété aussi exemplaire que mesurée, et par l'attrait de ces douces vertus, d'autant plus propres à faire aimer ses principes religieux, qu'elles invitent à l'imitation, sans forcer à l'hypocrisie.

A CES CAUSES, pour nous conformer aux pieuses intentions de SA MAJESTÉ L'IMPÉRATRICE, REINE ET RÉGENTE, et après en avoir conféré avec nos vénérables Frères les Dignitaires, Chanoines et Chapitre de la Basilique Métropolitaine, nous avons ordonné et ordonnons, que le *Te Deum*, avec le verset *Benedicamus Patrem et Filium*, et l'Oraison *Pro gratiarum actione*, ainsi que le verset *Fiat manus tua*, avec l'Oraison *Pro Imperatore et ejus exercitu*, seront chantés, en actions de grâces de l'éclatante Victoire remportée, le 2 de ce mois, à LUTZEN, en Saxe, par SA MAJESTÉ L'EMPEREUR ET ROI, sur les Armées Russes et Prussiennes, commandées en personne par l'Empereur de Russie et le Roi de Prusse, Dimanche prochain, 23 du courant, dans la Métropole de Paris; que le Jeudi 27 Mai, jour de la Fête de l'ASCENSION, le même Hymne d'action de grâces sera pareillement chanté, avec les mêmes Prières, dans toutes les Églises de la Ville, des Fauxbourgs et du Diocèse de Paris.

Et sera notre présent Mandement lû au Prône de toutes les Églises Paroissiales et Succursales, dès qu'il y sera parvenu, affiché dans les Églises, et partout où besoin sera, pour être exécuté selon sa forme et teneur.

Donné à Paris, dans le Palais Archiépiscopal, sous notre seing, notre sceau, et le contre-seing du Secrétaire de l'Archevêché, le Lundi 17 Mai 1813.

JE. SIF. Card. MAURY.

Par Mandement de Son Éminence,

BUÉE, *Chanoine-Secrétaire.*

Lettre de Sa Majesté l'Impératrice, Reine et Régente, à Son Éminence le Cardinal Maury.

AU NOM DE L'EMPEREUR.

L'IMPÉRATRICE REINE ET RÉGENTE.

Mon Cousin, la Victoire remportée aux Champs de Lutzen, par Sa Majesté l'Empereur et Roi, notre très-cher Epoux et Souverain, ne doit être considérée que comme un acte spécial de la protection Divine. Nous désirons qu'au reçû de la présente, vous vous concertiez avec qui de droit, pour faire chanter un *Te Deum*, et adresser des actions de grâces au Dieu des Armées, et que vous y ajoutiez les Prières que vous jugerez les plus convenables, pour attirer la protection Divine sur nos Armes, et surtout pour la conservation de la personne sacrée de Sa Majesté l'Empereur et Roi, notre très-cher Epoux et Souverain. Que Dieu le préserve de tout danger! Sa conservation est aussi nécessaire au bonheur de l'Empire, qu'au bien de l'Europe, et à la Religion qu'il a relevée, et qu'il est appellé à raffermir. Il en est le plus sincère et le plus vrai Protecteur. Cette Lettre n'étant à autre fin, nous prions Dieu, qu'il vous ait, Mon Cousin, en sa sainte et digne garde. Ecrit en notre Palais Impérial de Saint-Cloud, le 11 Mai 1813.

Signée, MARIE-LOUISE.

Et plus bas, par le Ministre d'État, Secrétaire de la Régence,

Le Duc de Cadore.